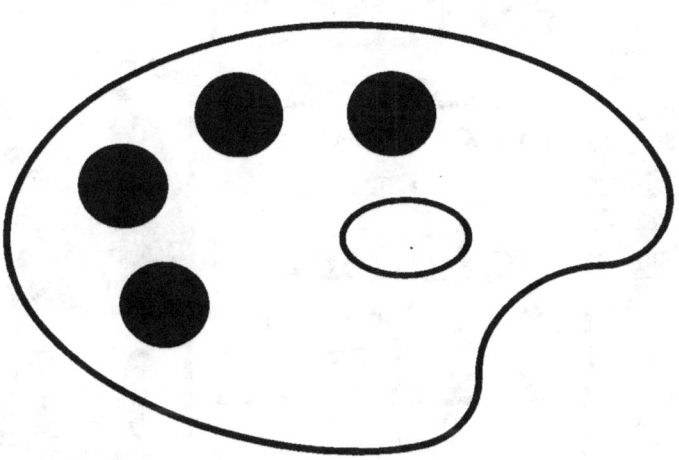

Original en couleur
NF Z 43-120-8

HISTOIRE MIROBOLANTE

DE

JEAN DE LA LUNE

par
George Delaw

FÉLIX JUVEN — Éditeur —
Paris — 122 Rue de Réaumur —

HISTOIRE MIROBOLANTE

DE

JEAN DE LA LUNE

JEAN DE LA LUNE

Du même auteur, dans la même collection :

I. La Première Année de Collège d'Isidore Torticolle.   II. Les Mille et un Tours de Placide Serpollet.
III. Les Aventures de Til l'Espiègle.

GEORGES DELAW

HISTOIRE MIROBOLANTE

DE

JEAN de la LUNE

PARIS
Société d'Edition et de Publications
Librairie FÉLIX JUVEN
122, Rue Réaumur, 122

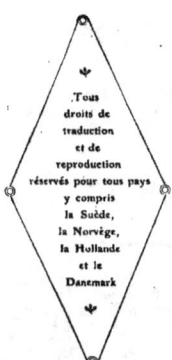

HISTOIRE MIROBOLANTE DE JEAN DE LA LUNE

PREMIÈRE PARTIE

CHAPITRE PREMIER

DÉBUTS DE JEAN DE LA LUNE

Jean de la Lune s'engage, dès l'âge de 14 ans, chez un fermier de la banlieue de Paris. Le fermier le prend à son service, malgré son air niais : il a besoin d'un roulier, et Jean fera bien son affaire.

Jean de la Lune va pouvoir utiliser ses aptitudes dès le premier jour. On a volé une vache au fermier, et Jean se met en tête de la retrouver.

Le fermier le met au défi, et même lui promet de lui donner la vache volée s'il la retrouve. Jean, plein de confiance en lui-même, accepte le défi.

Le lendemain, un dimanche, Jean se rend à la foire de Dammartin, où il suppose que les voleurs iront vendre la vache.

Arrivé à la lisière d'un bois, il aperçoit la vache, il la reconnaît au signalement que lui a donné le fermier, la veille. Elle est conduite par deux paysans : l'homme et la femme.

Jean choisit un arbre situé sur leur passage, et il se pend à une branche. Il a eu soin de faire un nœud assez large pour qu'il ne lui arrive aucun mal. Sur ces entrefaites, les voleurs passent avec la vache.

— Tiens ! dit l'homme, c'est un pendu ! Pourvu que cette rencontre ne nous porté pas malheur.

Il se découvre, tandis que sa femme récite pieusement un *Ave Maria*.

Et ils continuent leur chemin, non sans garder en l'esprit une inquiétude vague.

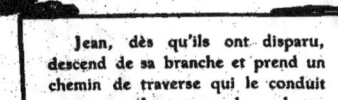

Jean, dès qu'ils ont disparu, descend de sa branche et prend un chemin de traverse qui le conduit encore sur le passage des voleurs.

Jean grimpe de nouveau sur un arbre, et dispose sa corde pour se pendre comme la première fois.

Bientôt apparaissent les deux voleurs conduisant la vache.
— Tiens ! dit l'homme, encore un pendu !... On dirait le même : même habit ! même tournure !

— Peut-être, dit la femme, que nous avons marché sur la mauvaise herbe ?
— Ou bien, ajoute l'homme, nous avons tourné autour du bois, et nous sommes revenus à la même place.

Superstitieux, comme tous les campagnards, les deux paysans attachent la vache à un piquet, et courent s'assurer que le premier pendu est toujours à la même place.

Pendant ce temps, Jean de la Lune descend de sa branche, court au piquet où la vache est attachée, la délivre, et, aussi joyeux à la pensée de son succès que pressé de le faire connaître, il la ramène à la ferme au pas de course.

— Si malin que tu sois, dit un jour le fermier à Jean de la Lune, je te mets au défi d'enlever les draps dans lesquels je serai couché !

— Si je le fais, répond Jean, que me donnerez-vous ?

— Je te donnerai ma jument grise, répond le fermier, mais si tu te laisses prendre, tu me rendras ma vache !

— Marché conclu.

Or, à quelque temps de là, au beau milieu d'une nuit, voilà que le fermier se réveille en sursaut...

Il a entendu un bruit suspect du côté de la fenêtre qui donne sur la cour... Il s'arme d'un bâton et se dirige de ce côté à pas de loup.

Mais il n'est pas plus tôt embusqué que la fenêtre s'ouvre sans bruit.

Un homme, coiffé d'un chapeau enfoncé jusqu'aux oreilles, apparaît dans l'embrasure...

Le gourdin du fermier, rapide comme l'éclair, s'abat lourdement sur la tête du rôdeur. L'homme tombe, sans un cri, à la renverse...

Le fermier revient auprès de sa femme qui l'attendait au lit, fort inquiète.

— Tout cela, dit-il, m'a donné faim et soif.

— Prends le pain et le fromage dans la huche.

— Où diable les as-tu fourrés, dit le fermier, je ne puis mettre la main dessus!

La femme, impatientée, se lève, et va chercher les victuailles et la boisson.

Elle était à peine descendue du lit qu'une main alerte sortait de la ruelle et enlevait dextrement draps et couvertures.

Quand le fermier et sa femme reviennent auprès du lit, ils croient rêver en n'apercevant plus que les matelas.

Avant qu'ils n'aient prononcé un seul mot, Jean de la Lune sort de la ruelle, comme un revenant...

— Ai-je honnêtement gagné votre jument, maître? dit-il.

— Va-t'en de chez moi, répond le fermier frustré, car tu es si habile que je serais obligé, quelque jour, de te faire pendre!

Et Jean de la Lune s'en fut avec sa vache et sa jument.

CHAPITRE III

LEQUEL DES DEUX AURA L'OREILLE COUPÉE !

Jean de la Lune s'engage chez un fermier, violent et maniaque, qui avait la fâcheuse habitude de chasser tous ses domestiques l'un après l'autre sans les payer.

— Je veux bien te prendre à mon service, dit-il à Jean; tu auras 5o francs par mois, mais à la condition que le premier de nous deux qui se fâchera aura l'oreille coupée !... Réfléchis bien avant de me donner réponse. C'est à prendre ou à laisser.

Jean de la Lune trouve cette condition singulière, mais comme il n'a pas d'autre ressource et que la misère l'effraye un peu, il accepte.

Dès le lendemain, le fermier, qui veut arriver à ses fins, fait travailler durement son domestique.

La journée finie, tout le monde s'attable devant la soupe fumante et chacun se met à manger de bel appétit; mais Jean, bien que cela lui soit extrêmement désagréable, doit se contenter de les regarder, car le fermier lui a donné l'ordre de se coucher sans souper.

Jean de la Lune devine que son maître veut le mettre en colère; aussi, se serre-t-il le ventre sans rien dire. Il tient à ses oreilles.

Le lendemain, Jean de la Lune, ayant toujours l'estomac creux, gardait aux champs les bœufs de son maître, lorsque, sur le sentier, vint à passer un paysan.

Jean de la Lune aborde le campagnard et lui propose de lui vendre tous les bœufs pour la moitié de leur prix; il lui demande seulement de lui laisser la queue coupée de l'une des bêtes à cornes.

Le paysan n'a garde de laisser échapper une pareille aubaine; il accepte avec joie, et s'éloigne, suivi du troupeau.

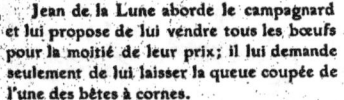

Sitôt le troupeau disparu, Jean de la Lune grimpe dans un pommier et appelle le fermier à tue-tête.

Le fermier accourt, et Jean de la Lune, effaré, lui montre la queue coupée du bœuf.

— C'est une trombe qui vient de passer, dit-il à son maître; elle a enlevé tous vos bœufs. J'ai fait tout ce que j'ai pu pour les retenir, mais voyez, la queue du dernier m'est restée dans la main.

— Que le diable t'emporte! s'écrie le fermier, hors de lui...

— Tiens! dit Jean, vous vous fâchez?

— Non... non! riposte vivement le fermier, songeant tout à coup à son oreille,... pas du tout !...

Le soir, Jean est de nouveau privé de nourriture, mais il se résigne de bon cœur, et va faire à l'auberge un solide repas, grâce à l'argent qu'il a retiré de la vente du troupeau.

Un peu après, Jean de la Lune, se trouvant aux champs avec les cochons du fermier, aborde de la même façon un paysan qui se rendait à la foire de Dammartin, et lui propose de lui vendre à moitié prix tout son troupeau, à la condition qu'il lui laisse toutes les queues. Le paysan, sans songer à demander une explication, conclut le marché sans hésiter.

Puis il s'éloigne à pas rapides, poussant devant lui ses cochons, et enchanté de l'aventure.

Pendant ce temps, Jean de la Lune, muni de sa provision de queues coupées, prend sa course vers une mare située au milieu de la prairie, et qui était à moitié desséchée.

Arrivé là, Jean se met à tâter la terre, cherchant un endroit où elle soit bien molle. Quand il a trouvé un terrain vaseux à souhait, il y enfonce une à une toutes ses queues de cochon.

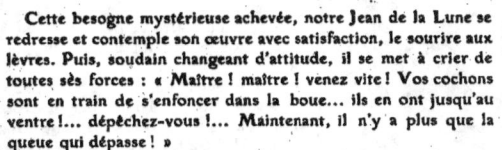

Cette besogne mystérieuse achevée, notre Jean de la Lune se redresse et contemple son œuvre avec satisfaction, le sourire aux lèvres. Puis, soudain changeant d'attitude, il se met à crier de toutes sès forces : « Maître ! maître ! venez vite ! Vos cochons sont en train de s'enfoncer dans la boue... ils en ont jusqu'au ventre !... dépêchez-vous !... Maintenant, il n'y a plus que la queue qui dépasse ! »

Le fermier accourt, affolé, et s'arrache les cheveux, ne sachant que faire.

— Maître, dit Jean, il faut tirer sur les queues!

Le fermier et Jean de la Lune tirent sur les queues coupées. Jean fait semblant, mais le fermier tire de si bon cœur que la queue cède, et que le fermier tombe à la renverse dans la boue.

Il se tire de là, dans un état peu présentable, jurant et pestant.

— Est-ce que vous vous fâchez, maître?

— Moi? répond le fermier, suffoquant..., pas du tout... au contraire!

Jean de la Lune, ce soir-là, doit se passer, comme d'habitude, de souper, mais avec l'argent qu'il a retiré des bœufs et des cochons, il se régale grassement à l'auberge dont il connaît maintenant le chemin.

Le fermier commence à croire qu'il n'aura pas le dernier mot avec Jean de la Lune, et il se met à regretter vivement de s'être embarrassé d'un gaillard pareil.

— Ah ça, lui dit-il un jour, tu ne te fâches donc jamais?

— A quoi bon, maître? répond Jean. La sagesse ne consiste-t-elle pas à maîtriser ses colères et à demeurer d'humeur égale, même dans l'infortune?

— Fichtre! songe le fermier, voilà un gaillard qui pourrait bien finir par me couper l'oreille!

A quelque temps de là, le fermier commande à Jean d'aller abattre un hêtre, à l'entrée du bois voisin, lui appartenant; Jean, en bon serviteur, ne hasarde aucune réflexion désobligeante sur la besogne pénible dont il est chargé. Il se met en route pour le bois avec son coutre, son maillet et sa hache, et passe sa journée à exécuter l'ordre de son maître.

Après plusieurs heures de travail, Jean, suant, soufflant, voit enfin l'arbre s'abattre lourdement.

À ce moment, des marchands de bois passant près de là, Jean leur propose de le leur vendre à un prix modéré.

Les marchands de bois ont aussitôt emporté l'arbre sans oublier les grosses branches. Jean n'en a conservé qu'une ramille qu'il place dans la bouche d'une chèvre qui pâturait dans le voisinage, au moment où le fermier arrive pour surveiller l'ouvrage de son domestique.

— Eh bien, cet arbre, Jean, où est-il ?

Jean, sans manifester la moindre crainte, ni le moindre embarras, lui montre la chèvre et répond :

— Voyez, maître, cette sale bête qui achève en ce moment de le dévorer !

Le fermier, cette fois, ne peut contenir une violente colère; ce que voyant, Jean lui rappelle les conditions du traité, et le prévient que, conformément à ce qui a été convenu entre eux, il va se voir obligé de lui couper l'oreille.

Cette menace ramène le calme dans l'esprit du fermier; mais il est trop tard; et, pour conserver son oreille, il se voit contraint d'offrir une forte somme d'argent à Jean de la Lune. Muni de ce viatique, celui-ci quitte son service et s'en va vers d'autres aventures.

Jean de la Lune traverse un bois et rencontre une hutte abandonnée.

Comme la journée s'avance, Jean de la Lune se prépare à camper; il trouve dans la hutte quelques vieux ustensiles de cuisine.

Il improvise un foyer en plaçant côte à côte deux grosses pierres plates sur lesquelles il dispose sa marmite; puis il va chercher de l'eau au ruisseau, déterre dans les champs quelques légumes, et allume le feu pour faire la soupe.

La soupe est en train. Jean, assis sur une grosse bûche, médite en attendant qu'elle soit prête. Il prévoit qu'elle sera un peu maigre, quand un coup de fusil retentit au-dessus de sa tête.

Il est suivi d'un cri d'agonie. En même temps, un frou-frou d'ailes se fait entendre. Jean lève les yeux... et il n'a que le temps de soulever le couvercle de sa marmite pour permettre à un superbe coq de bruyère blessé à mort de tomber dans sa soupe. Notre aventurier se pourlèche les lèvres d'avance en pensant au bon bouillon de poulet dont il se régalera tout à l'heure.

Le couvercle n'est pas plus tôt reposé sur la marmite qu'un chasseur se précipite dans la clairière.

— Tu n'as pas vu un coq de bruyère, mon garçon ? — Un coq de bruyère ?... oui, monsieur.
— Où donc ?
— Oh ! s'il y est encore, il doit être gros.
— Y a-t-il longtemps ?
— Oh ! pour ça, oui ; c'était l'année de ma première communion, et voilà que je vais sur mes 17 ans !

Le chasseur se retire de fort mauvaise humeur sans vouloir accepter l'offre goguenarde que lui fait Jean de la Lune de partager son repas frugal. Celui-ci demeure donc seul devant sa marmite d'où il retire peu après un bouillon exquis et son coq de bruyère cuit à point.

Et voilà comment, après avoir préparé une soupe maigre, notre héros finit par se régaler d'un bouillon gras.

CHAPITRE V

NOUVEL EXPLOIT DE JEAN DE LA LUNE

Le lendemain, Jean décroche un vieux fusil suspendu au mur de la hutte, le met sur son dos et s'en va.

Arrivé au milieu d'un bois de sapins, Jean de la Lune aperçoit deux sangliers marchant paisiblement l'un derrière l'autre, le plus petit précédant le second. Jean de la Lune, d'un mouvement prompt, se dissimule derrière un tronc d'arbre et glisse dans le canon de son fusil un clou rouillé qu'il a trouvé au fond de sa poche.

Jean de la Lune vise alors celui des deux sangliers qui marchait en tête. L'animal tombe, mais, chose surprenante, le second, au lieu de s'enfuir précipitamment, s'arrête tout court!...

Jean, étonné, glisse un autre clou dans le canon de son fusil et s'approche en courant.

Spectacle étrange! Le petit sanglier s'est affaissé, le clou planté entre les yeux, tandis que l'autre est demeuré planté sur ses pattes, immobile, et tenant dans sa gueule la queue de son compagnon. Jean se rend compte aussitôt qu'il est en présence d'une vieille laie aveugle à qui son fils infortuné servait affectueusement de guide.

Jean de la Lune, pris de pitié, et aussi troublé par le remords de son action, coupe la queue de la malheureuse victime, la prend en main, et emmène ainsi à sa remorque la pauvre bête qui ne s'est aperçue de rien et le suit docilement jusqu'au village où il va retrouver sa mère.

DEUXIÈME PARTIE

CHAPITRE 1

JEAN DE LA LUNE PART POUR LA GUERRE

Le moment est venu pour Jean de la Lune de tirer au sort. Il fête ce grand jour par de copieuses libations.

4ᵉ Compagnie

On le nomme fantassin de deuxième classe, et, muni de ce titre aussi honorable que modeste, il rejoint son régiment où on l'affecte à la 4ᵉ compagnie du 1ᵉʳ bataillon.

Jean de la Lune fait ses classes avec entrain, et il ne tarde pas à être réputé le meilleur soldat de sa compagnie.

Quelque temps après, on demande des engagés volontaires pour la Chine où les Pavillons Noirs donnent du fil à retordre à nos glorieux soldats.

Jean de la Lune, enthousiasmé à l'idée d'aller à la guerre où il veut se couvrir de gloire, s'offre à partir.

Le capitaine le fait appeler, consulte son livret militaire, et accepte sa demande, après l'avoir félicité.

Jean va fêter cette bonne nouvelle avec les camarades à la cantine du bataillon.

Avant de partir pour ce pays lointain, il obtient une permission pour aller chez lui embrasser sa vieille mère. Celle-ci, au moment de se séparer de son fils, lui donne sa bénédiction.

Arrivé au tournant du chemin, Jean agite une dernière fois son képi, dans la direction de la maison maternelle. Hélas! reverra-t-il encore la bonne vieille?

Quelques jours plus tard, Jean de la Lune, l'esprit plein de rêves de gloire, s'embarque, avec un grand nombre de ses camarades, à bord de « l'Ouistiti », immense paquebot tout en fer, des Messageries coloniales, à destination de l'Extrême-Orient. Après une longue traversée au cours de laquelle il a bravé le mal de mer, notre héros arrive à destination, frais, dispos, prêt à tous les exploits.

 Jean de la Lune est maintenant revêtu de l'uniforme des troupes coloniales : veste et pantalon de toile blanche, casque blanc garantissant la nuque des ardeurs du soleil. Il ne tarde pas à se faire remarquer par sa bonne humeur, son ingéniosité et son audace.

Il fait le pari de pénétrer en plein jour dans la ville ennemie, bien qu'elle soit protégée par une muraille, épaisse de dix pieds et haute de trente. Les railleries dont on le couvre ne réussissent qu'à le faire s'entêter davantage. « Rira bien, dit-il, qui rira le dernier. »

Pour exécuter son projet, il va se placer auprès de la bouche d'un canon qui bombarde la ville chinoise, et, au commandement de feu, il enfourche le boulet sur lequel, confortablement assis, il dévore l'espace.

Jean, suivant le mouvement ascendant du boulet, arrive bientôt au-dessus de la ville chinoise.

Il peut jouir au passage d'une vue générale de cette cité du Céleste Empire, avec ses maisons bizarres, ses rues tortueuses, ses pagodes aux toits étagés. Puis, son attention se porte sur les soldats chinois.

Ceux-ci, le visage levé vers le ciel, semblent se demander quel est cet étrange voyageur qui parcourt les espaces, assis sur un boulet, le fusil en bandoulière et la pipe aux dents.

— Comment va-t-on me recevoir? se dit Jean de la Lune.

Une certaine inquiétude s'empare de lui malgré son courage. Mais il se rassure en se disant que les Fils du Ciel ne peuvent que faire bon accueil à un homme qui leur tombe tout d'un coup si miraculeusement de la Lune.

Le boulet descend sur la ville et va éclater au milieu de l'état-major chinois.

Mais Jean de la Lune est trop malin pour n'avoir pas prévu cette explosion. Il s'est prudemment lancé dans l'espace, trente secondes avant que le boulet n'éclate, et il tombe sur le toit d'un palais.

Mais il a beau dire qu'il tombe de la Lune, les Chinois ne lui font pas l'accueil charmant auquel il s'attendait. Ils se jettent sur lui et, après l'avoir quelque peu houspillé, le font prisonnier.

Le captif, étroitement ligotté, est présenté au chef des Chinois qui le condamne à mort. Il sera précipité du haut d'une roche dans la rivière en compagnie de deux autres prisonniers.

En attendant l'exécution de la sentence, qui doit avoir lieu dans les vingt-quatre heures, Jean et ses deux compagnons...

...sont conduits en prison. Là, leurs gardiens, goguenards et cruels, les ont priés, pour les aider à tuer le temps, de passer leur tête à travers un trou...

...pratiqué dans une épaisse pièce de bois. Et c'est dans cette position éminemment désagréable, qui rappelle celle des pipes au râtelier,...

...qu'ils attendent, l'esprit plein d'amères réflexions et de douloureuses pensées, le moment de partir pour le lieu du supplice.

Jean et ses deux compagnons, accompagnés d leurs farouches et impitoyables bourreaux, arrivent au sommet de la roche fatale.

Le chef de l'escorte prononce en chinois le sacramentel : « Lâchez tout ! »

Au même instant, Jean de la Lune et ses compagnons sont précipités, d'une hauteur de plus de cent pieds, dans la rivière qui coule au bas de l'énorme rocher.

Les Chinois leur lancent une grêle de flèches qui viennent se piquer, sans les atteindre, dans le bois de la cangue, comme des aiguilles dans une pelote; tandis que les trois captifs, nageant de conserve,...

...parviennent sains et saufs et sans encombre sur la rive opposée.

Devenus libres, les trois compagnons, après s'être débarrassés de leurs entraves, peuvent se croire sains et saufs. Ils allument déjà du feu pour se sécher...

...quand ils sont malencontreusement surpris par une bande de pirates chinois, et faits prisonniers pour la seconde fois.

Les pirates se préparent à camper dans une clairière voisine. Ils y allument un grand feu, après avoir solidement attaché leurs prisonniers à des troncs d'arbre.

Puis les coquins emploient leur soirée à statuer sur le sort des malheureux prisonniers. Il est décidé que le lendemain matin, à l'aurore, ceux-ci périront dans les plus affreux supplices.

Cependant les pirates finissent par s'assoupir; le feu se consume; l'obscurité grandit...

Jean de la Lune a l'esprit trop fertile en expédients pour se laisser aller au découragement qui paralyse quelquefois les intelligences les plus développées. L'idée de fuir germe dans son cerveau; il fait part à ses compagnons de ses projets, mais les efforts qu'ils font pour se débarrasser de leurs liens restent inutiles, et ils s'arrêtent bientôt, épuisés de fatigue, la sueur ruisselant sur leurs visages.

Tout à coup, Jean remarque avec joie que l'arbre auquel il est attaché remue; oui, il remue.

Il y a eu la veille une forte tempête; des pluies abondantes ont détrempé la terre. Les trois prisonniers, pris d'un regain d'espoir, redoublent d'efforts...

...si bien que les racines finissent par se détacher, et les trois captifs, les bras toujours liés, mais les jambes libres, détalent dans la direction du camp français, chacun portant son arbre sur son dos.

Grande est la surprise des pirates quand, à leur réveil, ils s'aperçoivent que leurs victimes leur ont faussé compagnie.

Les Chinois songent un instant à poursuivre les évadés. Mais quelle direction prendre ?

Soudain, ils aperçoivent à l'horizon trois arbres fantastiques qui galopent, et, pris de terreur, ils se prosternent.

CHAPITRE II

UN BOULET QUI NE PERD PAS SON TEMPS

AU SIÈGE D'UN BASTION
DÉFENDU PAR QUELQUES CANONS ENNEMIS

Jean de la Lune est toujours l'homme des idées ingénieuses.

Au siège d'un bastion ennemi, il vient se placer sur une roche faisant face au bastion.

Puis, avisant l'une des bouches à feu, il pointe avec la plus grande attention, après avoir, pendant quelques minutes, écouté les détonations des canons ennemis, et observé le pointage des Chinois.

Au moment où ceux-ci s'apprêtent à tirer, Jean de la Lune donne le signal de faire feu.

Le boulet parti du canon pointé par Jean rencontre à mi-chemin le boulet parti du bastion chinois; et ce choc produit un résultat surprenant, bien digne d'être raconté dans cette véridique histoire.

D'abord le boulet ennemi retourne précipitamment en arrière, suivant exactement sa première trajectoire, mais en sens inverse, et va décapiter le canonnier qui l'avait envoyé.

Continuant inexorablement sa route, il emporte à la file quelques têtes de recrues chinoises qui faisaient l'exercice sur un plateau, en arrière et à l'abri des canons de leur fort.

Continuant toujours sa trajectoire triomphale, il coupe en deux la corde à laquelle les Chinois venaient de pendre un officier de marine qui eut ainsi la vie sauve.

Enfin, il vint mourir et s'étouffer, sans éclater, dans le grabat d'un marin français retenu prisonnier dans un affreux cachot, et que les Chinois devaient mettre à mort le lendemain matin à la pointe du jour.

Le matelot, qui dormait profondément, insoucieux de la mort qui l'attendait, n'est pas médiocrement surpris, à son réveil, de trouver ce bonbon à son chevet.

Sa surprise passée, il dissimule l'engin dans son bonnet, et constate, avec une joie sans égale, que ce brave boulet a percé dans la muraille de sa prison une ouverture...

...plus que suffisante pour livrer passage à un homme.

C'est une occasion inespérée de brûler la politesse aux Chinois.

Le matelot se glisse aussitôt par l'ouverture, et quitte pour toujours, et sans regret, ce local peu confortable.

Après le boulet chinois, voyons maintenant la conduite que tint le boulet français.

Il revint d'abord sur ses pas avec autant de précipitation que le boulet chinois, et produisit des effets tout aussi curieux que ceux de son confrère.

Jean de la Lune étant grimpé en haut d'un mirador pour juger du résultat, le boulet, rasant le mirador...

...passe entre les jambes de Jean qui se trouve enlevé dans les airs, à cheval sur le boulet.

Puis, la trajectoire s'inclinant peu à peu, Jean s'apprête à sauter à terre avec sa légèreté accoutumée, et... il tombe mollement sur la banquette...

... d'une calèche, aux côtés d'un général qui s'en allait passer la revue des troupes sur un champ de manœuvres.

Le général, qui a entendu parler des hauts faits de Jean de la Lune, lui offre affectueusement une cigarette...

... et le prie de l'accompagner sur le champ de manœuvres où il réserve une surprise à notre héros.

6

Arrivé sur le champ de manœuvres, le général adresse toutes ses félicitations au brave soldat Jean de la Lune, dont il rappelle les brillants exploits qui font honneur, dit-il, à l'armée et à la France.

Puis le général fait présenter les armes, et il accroche la médaille militaire sur la poitrine de Jean qui ne peut retenir des larmes d'émotion. Il lui donne ensuite l'accolade devant toutes les troupes.

Et Jean de la Lune est nommé sergent.

CHAPITRE III

NOUVELLES AVENTURES DE JEAN

IL ÉCHAPPE AUX CHINOIS ET PASSE LA BARQUE A DOS DE CROCODILE

La destinée réservait encore à notre ami bien des aventures.

Un jour qu'il s'était égaré un peu loin du camp, Jean de la Lune tombe de nouveau dans une embuscade de Chinois.

Les Chinois se précipitent sur lui, et, malgré la défense énergique qu'il leur oppose, le font prisonnier et le conduisent dans une forteresse dont les murailles ont soixante-dix pieds de hauteur...

... et qui est bâtie en surplomb sur le bord d'un fleuve profond rempli de crocodiles.

Jean est conduit dans un cachot de la plus haute tour. Son geôlier, en se retirant, après l'y avoir introduit, l'informe, avec une grimace de satisfaction cruelle, qu'il est condamné à mourir de faim dans cette prison.

L'étroite lucarne qui l'éclaire n'est même pas grillée, mais Jean ne saurait espérer prendre la fuite par cette ouverture, car elle donne sur le vide. Toute évasion semble donc complètement impossible.

Heureusement, l'ingénieux garçon a pu se mettre en communi-
cation avec un camarade qui était
venu chasser, par un hasard mira-
culeux, sur les hautes roches de
l'autre rive. Il lui
explique la situa-
tion désespérée où
il se trouve, con-
damné à mourir de
faim, et dans l'im-
possibilité de s'éva-
der.

    Mais bientôt son génie inventif
lui a suggéré le moyen de se faire
secourir par son camarade, et il se
fait chaque jour envoyer par lui les
différentes pièces de son repas solidement fixées à des flèches, lancées
d'une main sûre.

Les Chinois, d'abord inter-
loqués de voir le captif engraisser
de jour en jour, finissent par s'aper-
cevoir du stratagème et font placer
leurs meilleurs fusils aux meur-
trières.

    A cette vue, germe dans le cer-
veau de Jean de la Lune une idée
fantastique qu'il décide de mettre
à exécution sans plus attendre.

Ce qui devait le perdre le sauva. Une belle nuit, Jean, se hissant hors de la lucarne, se sauve en courant tout le long des canons de fusil, qui forment saillies sur la muraille verticale, et sont comme autant d'échelons commodes.

C'était courir de terribles risques de se casser le cou ; mais Jean de la Lune eût rendu des points au plus souple des acrobates.

Aussi le voyons-nous arriver sans
encombre au bout de la périlleuse
échelle. Une fois là, il ne s'attarde pas à
réfléchir, mais se laisse tomber, au petit
bonheur, dans des feuillages touffus qui
grimpent de ce côté de la forteresse.
Dans sa chute, Jean de la Lune rencontre l'une des dernières branches d'un
arbre qui penche au-dessus de la rivière.
Ses mains promptes s'y accrochent, et
sous son poids la branche s'incline len-
tement jusqu'à toucher presque la sur-
face de l'eau.

Jean va se laisser tomber dans l'eau. Il
est bon nageur — il l'a déjà prouvé — et il
songe à gagner l'autre rive à la nage. Déjà
il desserre l'étreinte de ses mains sur la
basse branche...

..., quand il aperçoit un monstrueux crocodile endormi à fleur d'eau, et si vieux, si rocailleux, que
son dos est couvert de mousses et de fleurettes comme un îlot. Notre héros a couru trop de dangers, il
a vu trop souvent la mort de près pour s'effrayer de ce voisinage.

Après avoir, d'un coup de reins, fait ployer davantage la branche à laquelle il était suspendu, il s'est posé légèrement sur le dos du crocodile. Celui-ci, réveillé...

... comme s'il comprenait ce qu'on attend de lui, se dirige doucement vers la rive.

— Après tout, se dit Jean avec philosophie, en enfonçant ses mains dans ses poches, c'est une façon aussi originale qu'une autre de « passer la barque ». Et l'instant d'après, il exécutait, sur la terre ferme, une petite danse triomphale après avoir prudemment muselé le crocodile avec son ceinturon.

FIN DE LA DEUXIÈME PARTIE

TROISIÈME PARTIE

CHAPITRE I

LE FOUET ENCHANTÉ

Son congé terminé, Jean de la Lune est renvoyé dans ses foyers. Il a quitté l'armée en emportant l'estime de ses chefs, les regrets de ses camarades et l'admiration de tous.

Le voici qui fait son entrée dans le village paternel. Son arrivée, vite signalée par les gamins du pays, attire tous les habitants sur le seuil de leur porte. Ceux-ci voudraient bien courir à lui pour lui serrer la main; mais une timidité s'empare d'eux quand ils voient briller les sardines d'or sur les manches du héros, et la médaille militaire sauter sur sa poitrine.

D'ailleurs, Jean a aperçu sur le pas de sa porte sa vieille mère qui tend vers lui ses mains tremblantes. Aussitôt, il agite le bras en signe d'affectueux bonjour, et accélère le pas pour arriver plus vite embrasser la bonne vieille qu'à son départ, il avait désespéré de revoir jamais sur cette terre.

Quelque temps après le retour de Jean de la Lune au pays, le fermier, auquel il a failli jadis couper l'oreille, vient à passer devant la porte ouverte.

Jean, qui l'a vu venir et qui lui garde une dent, songe immédiatement à lui jouer un méchant tour.

— Hé ! bonjour Jean de la Lune ! dit le fermier de l'air le plus aimable.

— Bonjour maître, entrez-donc, fait Jean de la Lune en lui serrant la main avec effusion.

— Vous allez vous asseoir un instant. Il y a si longtemps qu'on ne s'est vu ! On va pouvoir causer un peu, rappeler les vieux souvenirs. Vous souvenez-vous du bon temps passé, des bœufs enlevés par le vent, des cochons enterrés dans la boue et de l'arbre mangé par la chèvre ?

7

— Mais, dit le fermier, qui est entré sans défiance, que fais-tu donc là ?

— Ma foi, répond Jean de la Lune, j'étais bien occupé, au moment où vous passiez, à faire bouillir la soupe. Vous voulez bien permettre que je continue l'opération, n'est-ce pas ?

Et, ce disant, il tapait à tour de bras, à grands coups de fouet, sur une marmite dans laquelle il venait de verser de l'eau bouillante.

— Comment ! tu fais bouillir ta soupe à coups de fouet ? Mais tu n'as pas de feu !

— Pas besoin de feu ; c'est en Chine que j'ai appris cela ; ça économise le bois ; les Chinois ne font pas autrement.

— C'est donc un fouet exprès ?

— Oui, c'est un fouet que j'ai rapporté de là-bas.

— Et tu n'en as rapporté qu'un seul ?

— Oui, celui-là seulement ; il me suffit.

— C'est un fouet merveilleux ! dit le fermier ; je te donnerai bien cent sous pour l'avoir !

— Oh ! dit Jean de la Lune, en soulevant le couvercle de la marmite,...

... afin que le parfum de la soupe vînt aux narines du fermier ; je ne vends pas mon fouet.

— Dix francs !

— Pas pour vingt !

— Trente !

— Ni pour trente, ni pour cinquante, ni pour cent !

— Cinq cents francs ! dit le fermier.

— Jean, je t'achète ton fouet cinq cents francs comptant !

Après s'être fait bien tirer l'oreille, Jean se décide à céder son fouet au fermier avare et superstitieux, qui s'en va, persuadé qu'il fera bouillir sa soupe sans feu et à coups de fouet jusqu'à la fin de ses jours !

Rentré chez lui, le fermier fait
part à sa femme de sa merveilleuse
emplette, et se moque de cet imbécile
de Jean de la Lune qui s'est défait de
ce trésor pour une somme dérisoire.

— Vous voyez ce fouet, dit-il aux gens de la ferme. Eh bien, il a une vertu
extraordinaire. A partir d'aujourd'hui, nous n'userons plus de bois; nous n'allumerons
plus de feu; il suffira de mettre la soupe dans la marmite et de frapper sur la marmite
avec ce fouet! La soupe se mettra à bouillir en un rien de temps; d'ailleurs, les
Chinois ne font pas autrement. Oui, c'est une invention de là-bas. Qu'est-ce que
vous dites de mon acquisition? Pensez-vous que j'ai bien placé mon argent? Allons,
les enfants, réjouissez-vous avec moi.

Les domestiques partagent l'admiration du maître pour le fouet magique, et le lendemain, le premier garçon de ferme réclame l'honneur de faire bouillir la soupe à la façon des Chinois. Les femmes ne s'opposent pas à son désir ; d'ailleurs, elles en sont enchantées au fond, car il sent un peu le sorcier, ce fouet-là, et elles n'osent l'approcher de trop près, craignant de devenir victimes d'un mauvais sort. D'ailleurs ce fouet ne vient-il pas de chez les païens ?

On a mis dans la marmite quatre bons litres d'eau, et on la place à côté de l'âtre éteint. Au milieu du recueillement général, le garçon de ferme lui porte un grand coup, puis un second, puis un troisième. Il frappe bientôt à tour de bras ; on entend la lanière de cuir claquer sur les flancs de la marmite. Et le garçon frappe toujours ; il frappe une heure durant, jusqu'à ce que ses bras n'en puissent plus ; mais, chose extraordinaire, la soupe ne veut pas bouillir !

Le fermier, à qui l'on va rap-
porter ce fait incompréhensible,
déclare que son domestique est
un imbécile et qu'évidemment il
n'a pas su s'y prendre. Il accourt
lui-même en toute hâte, s'arme
du fouet et frappe à coups re-
doublés la marmite récalcitrante.
Mais c'est en vain qu'il s'échauffe,
suant et soufflant. A sa grande
consternation, l'eau reste aussi
froide que dans la citerne.

La moutarde lui monte petit à petit au
bout du nez, et soudain il entre dans une
fureur épouvantable. Il crie qu'on l'a volé,
que c'est encore là un mauvais tour de ce scé-
lérat de Jean ; il blasphème, tempête, et fina-
lement brise le fouet.

Puis il réduit en miettes la marmite dont il piétine les morceaux, tandis que
l'eau se répand dans la cuisine.
— Un fouet de cinq cents francs ! vocifère-t-il ; ça ne se passera pas comme ça !
Nous allons bien voir s'il y a une justice dans ce pays.

Et il prend, son fouet brisé sous le bras, le chemin qui mène à la gendarmerie.

CHAPITRE II

APPARITION DE LA MARÉCHAUSSÉE. — LES GENDARMES POURSUIVENT JEAN DE LA LUNE ET LES SANGLIERS POURSUIVENT LES GENDARMES. — JEAN DE LA LUNE SAUVE LA SITUATION

Le fermier arrive tout époumonné à la gendarmerie et porte plainte contre Jean de la Lune, qu'il accuse de vol et d'escroquerie avec préméditation.

Les gendarmes l'écoutent en silence, avec l'air grave et solennel qui convient aux représentants de la justice.

Les gendarmes promettent d'ouvrir une enquête
sur les faits signalés; mais au fond, ils sont très
ennuyés, parce qu'ils redoutent un peu la malice de
Jean de la Lune dont les exploits en Chine ont fait
le tour des veillées dans les chaumières, et ont
même été imprimées dans les gazettes. C'est un
garçon qui leur est sympathique à eux, vieux soldats, qui s'y
connaissent en actes de courage. Celui qui a su pénétrer seul,
d'une manière si ingénieuse, dans une ville assiégée, qui a su
deux fois échapper aux Chinois, et qui a obtenu enfin la médaille militaire et les sardines de sergent, mérite de la considé-
ration. Et puis le fermier n'est pas aimé dans le pays, et la
maréchaussée le tient en médiocre estime.

Mais c'est un homme influent et riche, il possède la moitié du
canton; il est adjoint au maire et conseiller général. Le brigadier
de gendarmerie a reconnu la nécessité de lui donner satisfaction, et
de bon matin, deux gendarmes, conformément aux ordres de leur
chef, partent à contre-cœur à la recherche de Jean de la Lune.
Celui-ci, heureusement, n'était pas à la maison.

Jean de la Lune était parti au bois, dès
l'aube, avec sa gourde, sa pipe et sa hache, et
avant de sortir, il avait annoncé son intention
de ne rentrer qu'au grand soir.

Il allait se mettre à la besogne, quand il vit deux uniformes bleus tourner la corne
du bois.

Notre ami n'avait pas oublié l'aventure du fouet, et, comme elle était toute récente
et qu'il savait le fermier vindicatif, un pressentiment l'avertit qu'il ferait sagement
de se mettre en sûreté.

8

Il fait quelques pas en arrière et grimpe sur un arbre, se dissimulant comme il peut derrière les branches dépourvues de feuilles.

Il était temps; les gendarmes s'arrêtent...

... précisément à quelques pas de l'arbre où il vient de chercher asile.

Mais les deux braves gardiens de la sécurité publique, loin de soupçonner leur gibier si proche, allaient poursuivre leur route, quand quelques coups de feu éclatèrent dans le lointain !...

— Que ce sont apparemment des braconniers, songent les gendarmes judicieux. Et ils scrutent attentivement les environs pour découvrir les délinquants.

Soudain, une troupe de sangliers, rendus furieux par les coups de fusil...

... apparut à l'autre extrémité de la clairière, soulevant sur son passage un nuage de poussière.

Sans plus songer à l'enquête, les gendarmes ne pensent qu'à pourvoir à leur sûreté. Ils abandonnent leurs fusils au pied d'un arbre, dans les branches duquel, l'un aidant l'autre, ils se hissent péniblement. Or, il se trouve qu'ils ont précisément choisi l'arbre où Jean de la Lune se tient dissimulé.

A peine s'étaient-ils mis hors de portée que les sangliers arrivaient au pied de l'arbre et en faisaient le blocus en poussant des grognements de mauvais augure.

Stupéfaction des gendarmes en se trouvant face à face avec Jean. Mais ce n'est pas le moment de dresser procès-verbal, et les deux braves feignent même de ne pas s'offenser du salut quelque peu goguenard que leur adresse notre héros.

La journée s'avance, et la situation est toujours la même.

Les trois assiégés ne prévoient pas la fin de leur aventure.

Cependant, le troupeau a perdu patience et s'est éloigné; mais un intraitable vieux sanglier, qui a tout son temps à perdre, reste en observation au pied de l'arbre, et lorgne de temps à autre les trois compagnons, d'un œil mécontent et vindicatif.

Soudain Jean pousse un éclat de rire : son ingéniosité lui a suggéré une idée, à l'exécution de laquelle il passe sans plus tarder.

Il saisit sa gourde, et en inclinant avec précaution le goulot, il laisse couler un filet d'eau qui tombe verticalement sur l'armature métallique de l'un des fusils abandonnés par les gendarmes au pied de l'arbre. Ceux-ci suivent d'un œil ébahi les agissements de Jean de la Lune, se demandant s'il n'est pas soudain devenu fou.

Mais ils ne tardent pas à être détrompés et à crier avec enthousiasme au prodige.

Comme le froid est intense, l'eau, au contact de l'air glacé, se solidifie instantanément, et se soude à l'arme.

Cela forme une énorme stalactite, véritable câble de glace, allant de la gourde au fusil.

Très adroitement, Jean remonte ainsi à lui le premier fusil, puis le second en usant du même procédé.

Grâce à ces armes, les gendarmes vont être tirés de leur fâcheuse posture, et Jean leur rend un dernier service en abattant lui-même le vieux sanglier intraitable.

Les gendarmes, émerveillés de l'ingéniosité de Jean et séduits par son inaltérable bonne humeur, renoncent à lui dresser procès-verbal. Bien au contraire, ils le félicitent chaudement et lui offrent leur protection s'il veut entrer dans le noble corps de la gendarmerie où un merveilleux champ d'opérations s'ouvrira à son activité et à son intelligence.

Grâce à son initiative, il honorerait la corporation et pourrait à son tour dresser contravention à l'importun fermier. Ils reviennent au village bras-dessus, bras-dessous, et Jean accepte leur proposition.

Bientôt après, il revêt la tunique bleue et les culottes blanches ; mais, chose étrange, depuis qu'il est gendarme, il a perdu son flair et n'attrape plus personne.

TABLE DES MATIÈRES

❧❧❧

www.ingramcontent.com/pod-product-compliance
Lightning Source LLC
Chambersburg PA
CBHW070820260626
47161CB00006B/2350